句集

たかざれき

加藤知子

◉弦書房

装丁＝毛利一枝
〈カバー写真〉
加藤知子

句集　たかざれき　目次

俳句

たかざれき

鵞鳥小母さん

頭上に芽吹き青空ばかりが残像
ひとばしらの上で恋猫あやしてる
空よりさよりより海のいちごとキスをして

音楽じかけのあなたを燃やす菜種梅雨
青嵐跳ねる鷲鳥小母さんの赤ん坊
かあさんがかあさん井戸に投げこんだ

とうさん天道虫と鉄塔へ
文月葉月川の流れはヴィブラフォン
神無月榊立てれば風呂が沸く

雪が消すのら猫入れたゴミ袋

瞳《め》の薄い婆さま月へ煤払い

もう待てないと百八つ目の鐘が言う

人骨土井ヶ浜

若きらの男女の鎖骨青嵐
よく眠る骨はこどもとカシオペア
魂魄を飛ばして赤い実青い実

淑気満つ砂丘墓場の暴きどき

三百体露わ寒風ななめから

風花す頭蓋骨みな西を向き

鵜を抱いてわたし整う骨の冴え
雪煙シャーマンの胸射貫かれて
野蛮なる掌には祟りの血と糞

咲きそめて寝顔はなんて北斗星

相聞のあわい北窓塞ぎけり

大陸へさすらう冬木　望郷

冬枯の夢は続けり絶海へ

婚姻色

心中に似合う家あり大西日

口中の闇ざらついて台風来

白桃の傷みはじめを旅はじめ

二つ三つ月の言訳聞くことも

稲光るたび人妻は魚となり

秋湿るわがてのひらと砂の山

渡り鳥呼び込むように砂の息

名月やペタンペタンと打ち合うて

ひえびえと乳房の方へ向く流沙

天の川渡り婚姻色の砂の肌
目隠し取ればここがさいはて衣被
椋鳥の声が砂上に一文字

大食らい

月岬までの逍遥うちわ振り

熱帯夜火星の音を聴きにけり

金魚また死んで時計の逆回り

くちづけて優しペリカン大食らい

陽に溶ける死刑執行日の花火

ちちははへ返す骨肉したたらす

曳かれゆく途中の昼寝顔ならむ

ロープウェイ終わる処の朴の花

しばらくは腰のあたりの百合花粉

月光に袈裟斬りさるる目覚めかな

鏡の間

いいえ花はどこへ行ったの紅い川
水上にかさね花びら反りかえる
ふらここを漕いで手放す家を焼く

湯浴みの時間蜘蛛垂れ来たる時間

梅雨おんないずこの国へ帰りなむ

街じゅうに犬のしっぽの林立す

花は実に露出狂にしてランナー

脳の襞さわぐ鏡の間の万緑

ヌードのるーる

水ぬるむモナリザの笑み透かしつつ
ぬめぬめの魚籃観音かぎろえり
触れ合えば一指の先の芽吹くなり

蓬摘む死神少しかわいい

蝶の翅表裏あるさびしさよ

朝顔の朝を交換する電池

だんご虫丸まり人に恥骨あり

けしからんヌードのるーる天高く

秋陽さすの左の乳房から先に

鯖雲や体毛あるところないところ

蛾眉の月連れて遠流の旅吟なす

道行のこの十三夜肝を呉れ

満月を手繰り寄せてよ腕枕

鶏頭の枯れうるわしき愚連隊

おしろいを吸いつくす肌冬銀河

露万朶

北斎の浪に切れゆく十三絃

初旅やまた戦死者の歯をそろえむ

すみれほど濡れて令和とひびきけり

触れなば散らん南朝の春は闇

鷹鳩と化し生真面目な引きこもり

サイレンの後ろ朧の領《うなじ》かな

美しきものの丸みを帯びてくる春暁

焦螟《しょうめい》に愛し名つけるとき哲学

ものの書きものの肺に生まれる金魚かな

憂国の道化師すでに全裸なる

炎上の海を渡れば金魚あり

鍵の無い部屋合わせ鏡に黒揚羽

道行の金魚掬いとなりにけり

菊人形柩に入りてあたたかし

わが孵す鶉の卵露万朶

猪の眼のかなしむものにアドバルン
植木鉢抱いて肋骨《あばら》を信じてる
赤い実を食べたあなたを小鳥とす

人たらし

新月がうまれて酒造研究所

橋姫に呼ばるる芒ゆるるなり

拾う石おさなのなかの十三夜

石神のかけらに集う草紅葉
母さんをすっぽり埋める人たらし
少年と少女がバッタになっちゃった

シーソーや硬貨見つけてがちゃがちゃ

啼きゆくは行方不明の秋の犬

立冬の狐の尻尾灯りけり

五木・水の膳

桜蘂降ればこの世に熱きもの
日当たりて巣箱はビルにつながれる
万緑の深きところにひとを呼ぶ

伝説や人滴りて山の幸

風化して汗が離れる人が去る

蛇衣の水は疲るる脱ぎにくし

水没はモザイク堰堤《えんてい》草いきれ

活《いき》人形谷汲観音皓歯冷ゆ

嗚呼、あれは「蜂の巣城」のきりぎりす

鎮まれば水の祭をクラムボン

子守歌と絡み合いたる魚の影

抱き合い殴り合いけり鬼やんま

ゆうべからかなかな無痛分娩中

川底へ水を捧げる新豆腐

伊都国

あらたまの春は学研都市駅舎
是非もなく霾る貸《か》泉《せん》・半両銭《はんりょうせん》
揚雲雀伊都国内《ない》行《こう》花《か》紋《もん》鏡《きょう》

衣や姫や倭の工人の勃起せる

浅蜊汁煮立つ生《せい》口《こう》貢ぐ時

春の野を逆立っており陰毛

刈るほどに下萌えてゆく王墓かな

銅鏡の縁《ふち》の日永を倭人伝

神口や椿咲く海咲かぬ海

生と未生と殯の宮の新樹光

分け入りて神話にうずくうすみどり

万緑の壺のそとなる人の声

花おうちピンクの象の目覚むとは

真綿でぐい

宙に浮く林檎秒針たしかめる

日食や姉出戻りて菊なます

制服制帽一月のあまのじゃく

子殺しは雪より白い真綿でぐいと

大根の首切り今朝の粥加減

旧家に印す雪女の血筋

啓蟄のちつのあたりが離れけり

初音聞く耳にしんじつ点りけり

頭蓋骨あんまりどれもキャベツだ

さみしさを軽く握るを春日傘

花茣蓙に人ら混沌にすき間

願わくは花の筵の川上へ

黒髪の落日椎森ばたあ色

卑弥呼十八機

分身のいて身ほろぼすほど囀り

桜はなびら塩漬けにしてきた心臓

眼のなかのさくら二ッを他所に置く

山滴る邪馬台国へけものの道

血に水に親しむ母の日のワイン

炎樹より少女跳び込む青水無月

家出する前に行水そして香水

不知火を焚けり西ゆく友送る

すかあとのなかは呪文を書く良夜

遷都

芒原骸骨おどるとき光る
甃《いしき》道《みち》ゆく狐火の色褪せて
もみずれるごと雫して皇子《みこ》薨去

また人間の仔になるまでを寒林

汝は陰《ほと》を神器としたり寒椿

おぼろ月墓地を歩けば躓けり

青き踏む道は遷都の夢を見る

曼荼羅へ高鳴る春の右隣

むらさき吐息

ひね生姜噛んで劫火を思いけり

ＡＶ女優すみずみにすみれ描く

薔薇咲いて外からやってくる涙

掘り出した手榴弾と裸の子

ほろほろと人は金魚に金魚は人に

姦通や或る白秋のなまこ壁

台風来ピアスむらさき吐息かな

雄螺子と雌螺子

耕してしづかになりぬれんげ畑

薔薇香りけり返信をあの世から

白い歯と乳房と契る青嵐

空爆の前夜は緑夜赤い月

白百合の喉にレディガガレディオガガ

滴りて戦後生まれは甘く跳ぶ

ベローナの夏の片耳濡れすぎる

天気晴朗馬を冷やしに行くは誰

戦争という肉塊打ち上げ花火

旱なり雄螺子と雌螺子揃えたし

戦闘機鎖帷子濡らす汗

生首のいくつ足らざる西瓜盗

二百十日おんなは赤い乳を売る

人焼くにぼうぼう桜木充分に

血に酔って戦場からきたスズメ

大き乳房いくつ放らば星月夜

知覧特攻平和会館にて三句

振武隊笑いて征きて冬花火

晴れにけり館を出でけりしぐれけり

海に降る風花ならば抱きしめる

未知の菌《きのこ》

夜をみがくわたくしだけの百合の部屋

乳歯生え変わりぐんぐん油照

あめんぼうあいまいに置いておく素足

美少女の霧に暮れゆく緋のりぼん

満月に杭たてられる青胸乳

おくれ毛のうなじや溶けるトリカブト

檸檬切る少女は指を舐めて鳥

ヴァージニア未知の菌《きのこ》の菌狩り

楽土へと落葉横切る蛇長き

白鳥の翼おさまるべきところ
朝までは鮟鱇といる暗黒
入水する少女に花を買っており

薄濃《はくだみ》

つみれ練るすみれの窓の歪むまま

甘藍年中つつしみ深く巻く骨を

冷蔵庫背負う男やデルタゆく

金属探知機触れおりソーダ水の泡

黒揚羽羅漢の露に連なりぬ

丸太になってつくり笑いをななかまど

明るすぎて一兵卒には盆踊

神風よいまはさわやかフラダンス

露けききを奏でて杉の切株や

母のあかとき赤松枯れる手始めは

女郎蜘蛛湿る障子をそそのかす

曼殊沙華一団たまゆらの団欒

塹壕の底に湿れる林檎かな
狂犬になれずｍ山茶花ほどに吠え
腐りかけのりんご断面見せて舞え

唇を切り獣の笛の音楽会

端正に置かれてもはや林檎じゃない

長き夜のシャワーの強打鱗めく

夜行列車きれいに蛇の穴渡る

枯蓮の水の湛えを零戦へ

水底に黒薔薇香る調律音

光陰や罪を濯ぎて洗面器

寒椿薄濃《はくだみ》にして愛すべし

裸のリップヴァンウィンクル

初夢の縄文式の女体かな

黒マント羽織る行方は湯屋明星

獣耳《カチューシャ》を着けにんげんという遊び

雪に寝るＡＶ女優安息日
わたくしへ伸びる雌蕊や梅全開
咳込んで裸の揺らぎ岸浸し

蟻よりもせつせつ肢体なだれけり

赤い息金魚呑み込むんじゃなかった

草も木も裸晒せりレクイエム

心臓の鼓動くねくねましら酒
鏡文字星に指輪をかたどれば
女郎ぐも腹のふくらみ止まず沖

石棺にドレスしずめる月光は

郵　便　は　が　き

料金受取人払郵便

福岡中央局
承　認

18

差出有効期間
2026年2月
28日まで

(切手不要)

810-8790

156

福岡市中央区大名

二ー二ー四三

ELK大名ビル三〇一

弦書房

読者サービス係　行

通信欄

年　　月　　日

このはがきを、小社への通信あるいは小社刊行物の注文にご利用下さい。より早くより確実に入手できます。

お名前

（　　歳）

ご住所

〒

電話	ご職業

お求めになった本のタイトル

ご希望のテーマ・企画

●購入申込書

※直接ご注文（直送）の場合、現品到着後、お振込みください。
送料無料（ただし、1,000円未満の場合は送料250円を申し受けます）

書名	冊
書名	冊
書名	冊

※ご注文は下記へＦＡＸ、電話、メールでも承っています。

弦書房

〒810-0041　福岡市中央区大名2-2-43-301
電話 092(726)9885　FAX 092(726)9886
URL http://genshobo.com/　E-mail books@genshobo.com

貌よ鳥

初氷声裏返る油売

虎の眼の追う昼星と兎とぶ

はんなりをうつむきかげんしくらめん

落椿地霊の子らの首となる

焚書後の灰に並べよ獺祭魚

沈丁花さしあたっては刃を研ごう

行末は狂女となれや草芳し

春の猫ときどきかなし糞をする

八朔の香りのはたてオカリナ鳴る

春夕焼「遠くまで来た」歯の並び

雛の首きゅるきゅるゆるむ江戸小紋

むんずと組めばぷにゅと答える春の蝉

初蝶来羊水ゆるるカルデエラ

地の裂けて花魍魎の野の遊び

貌よ鳥マトリョーシカの吐く嬰児

白髪や秘すれば花をふりみだす

花づくし

身籠りの婚礼氷柱翳りおり

福耳の男が腐る日《ひ》暈《がさ》かな

暗闇の蠟梅母性消しにゆく

ぎゅうぎゅうに首しめられる花づくし

ゆきゆきてふたり火を噴く花電車

鞦韆の横断歩道越えて自首

傾ぐ木の使者と出遭える湖の底
孕み桃落とすか流すかする明日
根元には餓鬼らがほらね蓮の花

瞳もて余す女に逢うトマト

秋風のまといつく箱の如き足

のたうてば霧の中より吉祥天

高漂浪《たかざれき》

青竹に曳かれ狂女か遊行女婦《うかれめ》か

石切りの汗に羽衣色とりどり

鯖の首刎ね俎板は囃しけり

雨ごいの祭文雨を浴びるごと

舟出せば雨は黄みどり霧となり

銀漢まとい一本足は闘えり

鵙贄の無縁ぼとけの骨と皮

あやとりのいくたび橋をかけ直す

冬銀河行方不明に似て微熱

廃船に春の満ち欠けあばら骨

風光る道行のこの白足袋の

名はぽんた殺人事件早春賦

淫売とよばるる白い白い春

春の下駄ゆくや鉄路はひん曲がる

鳥帰る少女じゅうろくひとばしら

花ふぶく沖の宮《みや》へと虚ろ舟

評論

「高漂浪《たかざれき》」する常少女性

石牟礼道子の詩の原点へ

1　ひとりの闘い

写真家宮本成美が撮影した、一九七〇年五月二五日厚生省前で仁王立ちする石牟礼道子を熊日新聞で見たことがある。水俣病闘争の最前線で行動した勇ましい惚れ惚れするような活動家の姿。さながらジャンヌダルクのよう。しかし石牟礼は、最前列に立っていても、馬には跨っていないし、鎧甲冑も身につけていない。庶民的な主婦の姿で堂々と立つ。

ここにして、補償交渉のゼロ地点にとじこめられ、市民たちの形なき迫害と無視のなかで、死につつある患者たちの吐く言葉となるのである。

「銭は一銭もいらん。そのかわり、会社のえらか衆の、上から順々に、水銀母液ば飲んでもらおう。（略）上から順々に、四十二人死んでもらう。奥さんがたにも飲んでもらう。胎児性の生まれるように。そのあと順々に六十九人、水俣病になってもらう。あと百人ぐらい潜在患者になってもらう。それでよか」

もはやそれは、死霊あるいは生霊たちの言葉というべきである。（『苦海浄土』あとがき）

この死霊生霊たちの、宥める事も癒す事も出来ないような想いを胸に抱きしめて、石牟礼道子は立つ。

またある時は映像で、優しいまなざしと飾り気のない素朴な童女のような語り口の石牟礼道子を観た。パーキンソン病で震える体から言葉を溜めて、ゆっくりと押し出す詩人の姿であった。メディアを通して私の前に現れる石牟礼はこんな二面性のある印象であった。

石牟礼道子の『苦海浄土』は、水俣病患者からの聞き書きのルポルタージュではなく、水俣病告発の書でもなく、石牟礼にとっては「誰よりも自分自身に語り聞かせる、浄瑠璃のごときもの」（同著あとがき）としての純粋な詩なのであった。今までにない新しい形の詩としての振る舞い。そして、ひとり道行としての闘い。

水俣病患者・釜鶴松を見舞う場面。「見えない目でわたくしを見たのである」。彼に残された尊厳の前では、「自分が人間であることの嫌悪感に、耐えがたかった」。

にんげんはもういやふくろうと居る　『天』
ふくろうのための彼岸花夜さり摘む　『天』

何故「ふくろう」なのか。ふくろうは、石牟礼の中では水俣病患者と重なる。つぶらな瞳で瞬きをせず凝視しているからだ。写真家桑原史成が一九六六年に撮った水俣病の少女・松永久美子の天空の一点を凝視する瞳を思い出す。

「釜鶴松のかなしげな山羊のような、魚のような瞳と流木じみた姿態と、決して往生できない魂魄は、この日から全部わたくしの中に移り住んだ」。この時の石牟礼の深い悲しみ。

われひとり闇を抱きて悶絶す　「水村紀行」

石牟礼が独り抱きつつ悶絶する「闇」は、水俣病患者の悶え苦しみとしての闇であり、患者・親族の絶望の闇であり、加害者であるチッソ関係者の闇であり、近代化を遂行した産業資本を誇りとする現代人の闇（病み）である。

近代合理主義という言葉があるが、そういう言葉で人間を大量にゆるゆると殺されてはたまらない。こういうことが許されていけば、次の世代へ行くほどに、人柱は「合理化」という言葉で美化されていくだろう。（『葭の渚』）

それゆえ、たとえ「〈被害者／加害者〉の図式を超える」などという「合理的な「美化」が「許されて」いく世の中になったとしても、水俣病患者たちの魂は救済されない。未だに全面解決には程遠いからだ。

水俣病患者の不自由な身体は高齢化により更に辛く、旧JR山野線を使って毎日山間部にまで運ばれた水俣の魚を食べた地域の存在（水俣病特別措置法の救済対象外地域）や毒魚と知らずに売った店や行商人たちが背負う事となった罪悪感、胎児性水俣病認定の年齢的な線引き等の課題も残る。

〈ことば〉を、〈語ること〉を奪われた患者さんたちの声を心で聴き、魂を昇華させるのは、神降りる巫女にしか出来ない。石牟礼道子こそは、古代より続く巫の系譜に連なっているのだ。石牟礼自身も「患者さんの思いが私の中に入ってきて、その人たちになり代わって書いているような気持ちだった」

(『葭の渚』)と言う。患者たちの魂が入ってくることの自覚があり、そのために「自分の心を空に」していたとも言う。
かくして石牟礼は、巫としてことば以前の世界を直観し、自身の身体を借りて湧き上がってくることばを、その口で語り、手を動かして、文字で可視化していったのである。

2 詩人の「責任」~行動する詩人へ

二〇〇五年の韓国の詩人高銀との対話が纏められた『詩魂』(二〇一五年刊)中で石牟礼はこう述べる。

とくに詩人や文学者に責任があると思います。この物質至上主義の世の中で、おめおめと自分の名声を保つために文学をやるのではなく、もっと人間のために、ひとりの人間の気持ちに立ち返らなければなりません。

文学とはひとりの〈闘い〉であり、〈抗い〉である。それは、時代の常識や表現方法から社会政治情勢まで、広範囲にわたっての。この世の不条理から目を逸らさず、「おめおめと自分の名声を保つために文学をやるのではなく」、しかと覚悟を持ってこの「責任」に真っ向から、露わに立ち向かった詩人は今や私にとって、この石牟礼道子だけ。本稿では、自ら表現者の責任に言及し、一貫した言動で「責任」を全うした石牟礼道子の詩の原点はどこにあるのかを探りたいと思う。

水俣病闘争に身を投じつつも、作品から柔らかさを失うことなく、晩年まで旺盛に書き続けた彼女のエネルギーの源泉はどこにあったのか。中央からは程遠い、地方・辺境の地である熊本から発信された、世界レベルの文学作品の動機を知りたい。また何より、私が熊本に生まれた一九五五年は、水俣病発生（水俣病の公式確認は一九五六年）の二年後のことである。胎児性水俣病患者は私であったかもしれない。いつまでも原因物質が特定されず、チッソが垂れ流すメチル水銀化合物に汚染された魚を食べ続けた水俣の漁民が、私の親兄弟だったかもしれない。
石牟礼道子が対峙した「近代」とはどのようなものであったか。

3　代用教員時代の俳句

石牟礼は、一九二七年天草に生まれる。十六歳の一九四三年から約四年間代用教員をしていた。その間、石牟礼の悩みに助言を与え、宮沢賢治の詩（二、三篇ほどらしいが）を教えた芦北町出身の徳永康起の存在は見逃せない。小学校教師兼代用教員を育成する助教錬成所講師をしていた徳永との手紙のやりとりを通して、「時代や風土や村や人間、そして国家というものが、否応なく見えて来始めました」（二〇一四・五・一一付熊日新聞）と石牟礼に言わしめた、この出会いが、その後の石牟礼の思想形成に大きな影響を与えたことは想像に難くない。

彼女は手作りの未完歌集『虹のくに』を纏めるほどの短歌詠みであったが、この時期に俳句も幾つか詠んでいる。一九四五年六月二三日から九月十八日までの錬成所入所時の「錬成所日記」より。

さみだれや御堂に汗ををさめ居り
ひょんなことになりそうな顔一渡り
稈帽子ガラス戸毎に気にかゝり
二枚程の田を瞬く間に植え尽くし
児らも師も征きくかくていくさ勝ち

五句目などは、明らかに戦況を忖度した句だろう。実際に沖縄戦のことでは大変「気にかゝ」る不安な状況があり、兄玉砕の報に触れた後の句である。中七の句割れと一句の中で七個のｉ音の繋がりは、悲しみ揺らぐ自分に語り聞かせているような調べでもある。戦争のむなしさを感じながら、「征きく」と「いくさ勝ち」を対比した句の形。

俳句初期にして、既にホトトギス系の有季俳句ではない。「季題」を超えた書き方なのは驚きである。

4　初期小説作品「不知火」

現在のところ、「不知火」は、石牟礼の最も早い時期の小説作品とされる。かつて小説第一作とされていた『不知火おとめ』は、末尾に「昭和二十二・七・三　谿のいでゆの宿にて」と記載があり、「不知火」はそれより早い時期の作品として、熊日新聞二〇一六年一月六日から三日間、未発表作品として掲載された。終戦前後の一八、九歳頃に書かれた短編小説である。石牟礼は、いくつもの文学的表現方法を持つが、この中で短歌と小説を一つの作品として完成させている。

「天草の島めぐりめぐり遂の果は不知火の火にならむとおもふ」

「われはもよ　不知火をとめ　この浜に　いのち火焚きて消えつまた燃へ

つ」

物狂ひの心は願はずしてこの世の塵芥を交へませぬ。この世に悲しみを持つ程に、人は美しくなるとか申します。物狂ひの心程、一筋なものはございませぬ。（略）

ああ人間はこの世で一体幾辺、望みを絶つのを繰り返すのでございましよう。限りない絶望の果て、一つを捨てる為に人間は美しくなると申します。その度に悲しみが何とはなしに絹糸の様に、その細い故に切れる事なく続き、その絹糸が何時しかに一つの調べを持ち、その調べを孤独の底で奏でる時に、人間は、美しいものへ近づくのかも知れません。（「不知火」）

これらのくだりは、石牟礼の芸術観として受け取れる。この世のかなしみに出会うとき、塵芥にまみれればまみれるほど壊れてゆく魂の葛藤があるとき、彼女の言霊は噴出し作品化される。いのちの火は焚かれては消え、消えては焚かれて。「悲しみ」は美である。これこそがまさに、彼女の詩への衝動。

さんざめいていた生類のいのちの祭りが、水俣病によって侵されてしまった。名も無き民の、声無き声を前にしたとき、悶えつつ悶えつつ詩への衝動が『苦海浄土』を書かせ、石牟礼文学の更なる開花を導いた。それは、代用教員を終えて一度自死を夢みて破れた後、自分自身と逢いなおす旅の始まりであったか。

5 「天の病む」

不知火おとめは物狂いの心である。その一筋一途なものは、絶望の果ての孤独の底で調べを持ち、ますます美しくなるのであった。まさにかなしみによる荘厳なのである。

祈るべき天とおもえど天の病む　『天』

「天の病む」と断じている。石牟礼の「天」は、私たちを大きく包んでいる宇宙。何はともあれ、まずは天を見上げ、天に向かって祈る人間がいる。何の見返りも期待しないで見守ってくれる天＝神を信じている人間がいるものだが、「天の病む」は、そうした人間の絶望的な愛が肉体化した形か、或いは人間の無力感、孤独感、深い悲しみをにじませた措辞か。天への祈りは、か細い二本の脚で立つ自分の内面への苦しい問いかけでもあったか。しかし、言葉の響き（律動）としての烈しさはなく、句自体は柔らかい運動をしている。

また、この句には季語がない。霊的なものとの交流には自由で変幻自在であるが故に、その世界の表現に季語は必要不可欠ではない。要するに、季語の斡旋などという約束事はどうでもいいのだ。むしろ、そういう手垢のついた概念にとらわれず、それを超えたところに石牟礼の詩はある。石牟礼の「天」は、無季という名の季というべきか。

「天籟塾」を開設した穴井太の強い勧めによって、一九八六年に上梓した句集『天』の集名は、石牟礼の好きな言葉「天」からきている。出生地の天草に思い入れがかなり強かったようで、天草の「天」、天草四郎の「天」でもある。

原郷またまぼろしならむ祭笛　　「玄郷」
笛の音すわが玄郷の彼方より　　「玄郷」

まぼろしとなった不知火海に響く祭笛はどこから来るのか。玄郷の彼方、天からだ。天とは、石牟礼という神降ろしの彼女だけが持つ「天」との共同体意識なのかもしれない。こころのふるさと、憧れの地であり血脈に繋がらせたいような。

童《わら》んべの神々うたう水の声　　「水村紀行」

今や、原郷は「天」にあり、童んべ（＝神々を呼ぶ者＝神々自身でもある）のうたう水の声は水俣の声か。天は病んでおり、その病む天からやってきた水俣病患者を、折口信夫のいう「マレビト（稀人、客人）」として石牟礼は観たかったのか。そこに救いを見出したかったのか。「天」草と「水」俣、正常と異常、日の当たる場と棄てられる場、正気と狂気などを対立項としてではなく、「天」と「水」とを同じ位相に置くように置きたかったのではないか。もっと言えば、天つ神（征服する側）と地祇（侵略される側）も同様にだ。

月影や水底の墓見えざりき　「水村紀行」

ダムの底に沈んだ村の墓と読めば、社会告発となるが、ダムの底に沈んだ「天底村」を舞台とする石牟礼の小説『天湖』の話から解釈すれば、そうでないことは明白。「おひな」という、美しい神歌を歌う女性の台詞がこの通り。

「ここは天の底じゃった。底というのは何じゃろか。底というのは、この世の基本ちゅうか、まだ出来上らんものの、さまざまあるところじゃと思います。出来そこないのわたしも居ってよかところで。この世の元が託された天の底とは、ほんによか名ぁじゃ」

掲句は、水底に沈んで消えた、数多の無念の死への鎮魂歌。「月影」はダム湖に月が映っているだけの情景ではない。「天湖」には「月影橋」という橋が架かっている。天底村に入る外部からの人、マレビトは皆、この月影橋を渡って来る。月影橋は大蛇の化身、という村人の信仰がある。月影橋がマレビトを選別するための通路（＝地祇）となる。「水底」は、何よりも「天底村」、「天の底」、「この世の元」、「まだ出来上らんものの、さまざまあるところ」。「墓」は「天の底」、「この世の元が託された」「まだ出来上らんものの、さまざまあるところ」にある。墓が見えないのは、死者や未生の者の居る処にあるからだ。しかし、そんな「天底村」が石牟礼には観えていた。生と死を超えてこの世を生みだす大きな場所を幻視していたのだ。月浮く夜天は月影揺れる水底と等価であったのだ。無惨な破壊と理不尽な、無念な死を前にしたとき、我々は打ちひしがれ、手を合わせて祈り寄り添うしかない。

『天』

さくらさくらわが不知火はひかり凪

「わが不知火」の「わが」は、『苦海浄土』の副題にある「わが水俣病」と同じもので、さらには、漁師たちが不知火海を「わが庭」と呼ぶのと同じ。これは、石牟礼の全身全霊を賭けた慈愛を表す用い方なのである。

「さくらさくら」から一息に流れるような調べが溢れる。天上から流れ来るものに対して、もっと言えば天に対して、童女のように語りかけ呼びかける。そして、こいねがう。いのちとひかりの溢れる豊饒の海、原郷であり母郷である不知火海を、もう一度自分の手に取り戻したいと。もう一度渚と共に生きる人間や魚介、草木など一切の生類を手元に復活させたいと。限りない絶唱である。「ひかり凪」とは「陽光を照り返して、一枚の布を敷いたように見える穏やかな不知火海」（上原佳久『道標』六一号）のことを漁師たちが呼んだ言葉という。苦しみを通り抜けた浄土を彷彿とさせる。

菜の花の首にもやえる小舟かな　　『苦海浄土』

世俗にまみれ、その濁りに疲れた自分の魂を、ことば以前の世界に行き、遊び、己を解放することで純化する。美しく生きるために、厳しい現実に立ち向かって荘厳される人間になりたい。とはいうものの、春夜の夢の魂の彷徨のなかで、ひとときの凪を得たいという不安定な思いも「小舟」の措辞に垣間見える。海辺の「菜の花」の黄は鮮やかだ。

前の世にて逢はむ君かも花ふぶき　　「水村紀行」
女童《めわらわ》や花恋う声が今際《いまわ》にて　　「水村紀行」

来世にて逢はむ君かも花御飯《まんま》　「水村紀行」

「花御飯」は石牟礼の造語。花でまんまを作るままごとのそれ。前世での「花ふぶき」は、現世での水俣病患者の「花恋う」清らかな声となり、来世では「花御飯」を食べながら、「より深く逢いなおす」。意識は、ことば以前の童心の世界に在る。

毒死列島身悶えしつつ野辺の花　「水村紀行」

東日本大震災後に詠まれ、現実的な課題と向き合った社会性のある俳句。「毒死列島」も造語。悶えること即ち寄り添い祈ること。生命の復活を願わずにはおれない。復活の兆しである野辺の花、花明りになりたいという思いが溢れている。石牟礼のこの句には憤りさえ感じさせる。

わが干支《えと》は魚《うお》花みみず猫その他　　「創作ノート」

生き物たちが対等に、隣近所の人たちのように詠まれていて、庶民的でユーモラス。「その他」とは自然界の生き物全般。就中、水俣病は、まず猫の狂い死にから始まったから、水俣病に侵された魚同様、猫もいとおしくて堪らなかったのだろう。

まだ死猫《しびょう》ならざるまなこ星ひとつ　　「創作ノート」
死ぬ猫のかがめば闇の動くなり　　「創作ノート」
背中の毛ぞよぞよさせる猫看とる　　「創作ノート」

死を観察したいのではない。愛する余り、その死をも十全に引き受け抱きしめたいのだ。

6 「常処女」と〈常少女性《とこおとめ》〉

万葉集の「河上《かはかみ》の五百箇《ゆつ》磐群《いはむら》に草《くさ》むさず常《つね》にもがな常処女《とこをとめ》にて」の歌に登場する「常処女」には、役目を遂行する使命感が持たされている。それ故に、塵芥にまみれずに身の内にかなしみをたたえ、孤独を深めるほどに美しいものに近づいてゆこうとする必然性を持つ。石牟礼道子こそ、この歌に荘厳された姫の如くに現代の社会に存在して、いつまでも「草むさず」、あるべき「もうひとつのこの世（アナザ・ワールド）」（渡辺京二『もうひとつのこの世』）を照らす常少女だったのではなかろうか。

ここで筆者のいう〈常少女性〉は、神とも交感し、時空を超えてやってくる声なき声に耳を澄まし、聴くことのできる能力を生来持っている資質のことである。この〈常少女性〉は次のように具現化される。

一つは、日本の近代化に伴う負（影）の部分、虐げられ切り棄てられた民や自然に光を当てるという役目をもち、今は祀られぬ古の先住民や地祇たちとも交感する能力を持つ。それは、神に仕える永遠の処女・斎王としての厳粛な勤めを果たす如くである。

もう一つは、それを遂行するために兼ね備えられた童女のような無垢な柔らかさである。森羅万象に対する畏敬と憧憬の念は、純粋な天の水の如くである。「天」であると同時に「水」でもあるのが〈常少女性〉だ。

石牟礼におけるその最もピュアな姿には、「不知火」にみる初々しさや瑞々しい無垢さ、特有の幻想的な性質があり、それは「常処女」のような魂の気高さと深さ、自在に自立的に飛翔する魂の在り処に通底するものであると言える。そして、その最奥部には、かなしみに対する憧憬と敬虔な思いがある。

身の内にかなしみの火を焚くからこその柔らかい幻想的表現は、責任感と使命感を伴って、水俣病を生み出した近代以降の人間存在へ、我々の魂へ深く問いかけてくるのである。

因みに、渡辺京二は、石牟礼を「精霊の言葉」を預かった「預言者」(二〇一八・七・二九付毎日新聞)という。岩岡中正は、石牟礼俳句を「自分の思想を詩人の直観で伝える『思想詩』である」(二〇一五・七・五付熊日新聞書評)という。岩岡の「思想」という言葉には違和感がある。

石牟礼の五七五の短詩中には、天や前世、現世、来世、微妙音、迦陵頻伽、鬼、姫、鬼女、神、神狐、幽霊、水子、山ん姥、魔界、妖魔等の異界霊界を行き来するような言葉が多用されている。これをおもえば、石牟礼俳句は、「思想詩」というよりも、時間的には過去・現在・未来と三世を、空間的には現世と霊界・異界とを直観で自由に行き来する〈霊魂との交感詩〉である。文字以前の世界へさえも、ひょいとさすらってきて、異界霊界の内面から言語的表現を与えた作品を私達に指し示してくれる。

ここで大事なことは、〈常少女性〉は神格化も権威化もされないということ。もっぱら寄り添うことから始まる。石牟礼が一九四六年に書いた「タデ子の記」(『不知火おとめ　若き日の作品集　1945―1947』)は、田浦小学校の代用教員を終えて実家に帰る途中に出会った戦争孤児の世話を書いた体験記。

一番美しい筈の子ども達が、ぬすむ事を覚え、だます事を覚え、心を折られ、それでも、大人達からは、敗戦したんだから、仕方がない、と極く当然の事のように、ほうり出され、あまつさえ、迫害さえ加えられて、だんくと魂を無くして行きつゝあるのはなんとしたことでございましょう。

既に、恵まれない境遇へ心身共に手厚く寄り添った姿が見え、『苦海浄土』執筆に向かわせた動機の萌芽が観てとれる。

7　折口信夫の「類化性能」と石牟礼道子の「高漂浪」

折口信夫は、自分が「類化性能」が高く発達していると語っていたという。「類化性能」とは、俳句でいえば、一見かけ離れたところにあるもの同士の類似性や共通性を感じとって、その二物衝撃によって新しいイメージの世界を作り出すような能力であるといえようか。

折口信夫のマレビトの行動をその内面から味わうことについて、中沢新一は、「この能力は『類化性能』の極限にあらわれてくるものである。別の領域のもの同士をつなぎ合わせる知的能力は、心の内部を自在に動いていける流動的知性を、心の表面にあらわしてくる。霊の動きは、この流動的知性の動きとじつによく似ているのである。おそらく、折口信夫は死霊が行動をおこなう特別な時空のつくりを、半醒半睡《はんせいはんすい》の状態で体験することのできる能力をもっていたのであろう」という。

一方、石牟礼は、自分には「高漂浪」の傾向があると『花の億土へ』の中で言う。身体は現の世界にいるにもかかわらず、魂が抜けだしてどこかに行ってしまって、行方不明になるのだそうだ。水俣では、「高漂浪のくせがひっつく」という。

「血族」

狂へばかの祖母の如くに縁先よりけり落とさるるならむかわれも

ここに現実世界において「ばばしゃん」＝祖母がどんな扱いを受けていたかが見てとれる。幼女時から、狂女のばばしゃんと互いに守をし合う関係だった石牟礼は、疎外されたばばしゃんの奇異な行動の中にも厳かなうつくしさがあることを知っていた。

ばばしゃんが冬の夜にひとりで遠出したので探しに出ると、ばばしゃんは「世界の暗い隅々と照応して、雪をかぶった髪が青白く炎立っていて、私（石牟礼のこと—筆者）はおごそかな気持になり、その手にすがりつきました」。抱きしめられた彼女は「じぶんの体があんまり小さくて、ばばしゃんぜんぶの気持が、冷たい雪の外がわにはみ出すのが申わけない気がしました」（『苦海浄土』の渡辺京二解説文より孫引き、元は石牟礼道子著『愛情論』）とある。石牟礼はばばしゃんを通して、得体の知れない、切ないほどの「美しいもの」に出会っていたのだ。

このような幼児期の詩的な経験は、石牟礼の唯一無二の感性と知性とを養い、のちに展開する詩的世界へと「高漂浪」するべく、ことば表現の衝動を内包させていったのではなかろうか。また、この「申わけない気」が彼女の作品の底に流れる詩魂だとも言えよう。血族でありながらマレビトであったばばしゃんの思いと、水俣病患者の思いとが重なり、石牟礼はその両方を抱きしめたかったのだ。

わが酔えば花のようなる雪月夜　　『天』

石牟礼が「酔えば」、「高漂浪のくせがひっつけば」、雪の寒夜にも花を観て、水俣病患者にもマレビトを観るのだ。マレビトは半神様のようなもので、石牟礼にとっては健常者よりも一段上に置かれ尊厳化され、荘厳化されるのである。「高漂浪」は、マレビトと軽々と交感できる性質であり、常少女性であるのだ。

渡辺京二は『苦海浄土』解説の中で、「そこでは現実の水俣弁は詩的洗練

を へて『道子弁』ともいうべき一種の表現に到達している」という。「道子弁」こそ、現し世とマレビトとの間を行き来する常少女の、巫女性を有する言葉なのである。

繋《つな》がぬ沖《おき》の捨小舟生死《すておぶねしょうじ》の苦海果《くがいはて》もなし

（『苦海浄土』巻頭言）

「捨小舟」とは「うつろ舟」であるのかもしれない。そう思ったとき、うつろ舟に乗せられて流された、手も足もないぐにゃぐにゃした神、ヒルコがマレビトとして、水俣病患者と狂女のばばしゃんとが重なる。捨てられた神であるマレビトが、水の彼方、「浄土」でもある天に向かって流れてゆく。ひとり道行きのように。苦海を浄土と化すために。

8 「ひとり情死行」

石牟礼は、持ち前の〈常少女性〉という純真さと使命感に、繊細な感性と包容力のある知性とを併せ持ち、棄てられ・忘れられ・語られなくなるという事態と闘っている。現代版の「常処女」は、一命を賭して権力や不条理に立ち向かう凄まじき覚悟を持つ。

まだ来ぬ雪や　ひとり情死行　『天』

芝居がかった情念の一句。南国には滅多に雪は降り積もらず、まだ道行きの相手は来ない。「まだ来ぬ雪や」の後の一字空けは、切れ字と重ねても効果的で、待つことの叙情的時間とでもいうべき間である。

水俣病闘争の只中、『苦海浄土』の執筆にも行き詰っていた頃の詩という「幻のえにし」（二〇一三・五・三付熊日新聞）より一部抜粋。

ひとえにわたくしのかなしみに殉ずるにあれば　道行のえにしはまぼろし
ふかくして一期の闇なかなりし

ひともわれもいのちの間際　かくばかりかなしきゆえに　けむり立つ雪炎の海をゆくごとくなれど

それは、かなしみに殉死するための道行き。孤独感を深めた、まっさらな深雪の炎の海に漕ぎ出す〈ひとり道行〉なのである。これが、石牟礼の文明批評であり詩人としての孤独な闘いなのだと思うのだ。同様に、マレビトと交感する〈ひとり道行〉の「常処女」。この古代に生み出された日本語はこの上なく彼女に似つかわしい。

花の精去りて後追うふぶきかな　「水村紀行」

前出の「女童や花恋う声が今際にて」を含めた石牟礼の俳句を観てゆけば、「花の精」とは水俣病患者の化身で、「後追うふぶき」は石牟礼自身。「ふぶき」は吹雪、花吹雪、更には吹雪いている状態。花の精を追う石牟礼の、パーキンソン病による体の震えとも重なってくる。

石牟礼のパーキンソン病は、水俣病患者の肉体の不自由さを彷彿とさせる。それは、常少女として自らを投げ打ち、天と水、マレビトと世俗、そして水俣病患者と我々を繋ぐ橋（『天湖』中の「月影橋」でもある）となって書いた石牟礼の、全身全霊の慈愛の顕れであり、現代社会の罪の贖いとして、そこからくる全生類のいのちへの原罪意識を受け止めての願いであろうか。パーキンソン病を患うことによって、水俣病患者と共に荘厳される位相に近づいたような気がしてくる。キリスト教信者であった平畑静塔の句〈我を遂に癩の踊の輪に投ず〉に通底する俳人格を観ることもできる。

9　おわりに

「高漂浪」と、それに伴う「道行」は、石牟礼の一生を貫く道だった。だが、その道行は、世にいう道行とは逆方向に向かう。若松英輔は『常世の花石牟礼道子』に記している。

新作能「沖宮」をめぐって話していたとき、死に話が及んだ。すると石牟礼は穏やかに、しかし確信に満ちたようにこう語った。

沖宮に行くのは、死にに行くんじゃない、生き返るための道行なんです。

石牟礼の祈りは、遺言と自ら称した新作能「沖宮」の天草四郎と幼女との道行に結晶するのだろう。だが、俳句においても、石牟礼の祈りは十全に立ち上がっている。石牟礼の短歌は個の事情を詠むのに対して、俳句では「毒死列島」や「天の病む」に観るように、個を超える問いかけにまで及ぶ。祈りとは、問いかけでもある。

「天の病む」などとは、これまで誰も言えなかった。この言葉を吐いたとき、石牟礼の童心は、かなしく愛し、絶望するほど憧れる「天」と繋がったのではなかろうか。〈常少女性〉を備えた石牟礼こそは、芭蕉の恐れた「後世ノ人」と言えよう。

原郷がディストピア化する危険に満ちた今、「近代国家の恩恵を受けて生きる生活者」である自身と如何に向き合い、不羈自在の誇りを守り抜くか。周縁部（＝辺境＝最前線）に位置すべき詩人も文学者も、孤独な闘いを強いられる。だが、天を仰ぐ時、祈りの中心に自分がいて、母郷でもあり水でもある天と繫がっている事は間違いない。（完）

＊本稿は、『Ｗｅ』第七号〈二〇一九（令和元）年三月一日発行〉初出の論考に加筆した。厳密に言えば、『連衆』八二号（二〇一九年一月発行）にも全文ではない初出。

＊二〇二〇（令和二）年第四十回現代俳句評論賞応募作。

二〇一九（令和元）年第三十九回現代俳句評論賞受賞作「桜の花の美しさようなあ──石牟礼道子俳句が問いかけるもの」（武良竜彦）と是非読み比べてほしい。

【参考文献】

『石牟礼道子全句集　泣きながら原』藤原書店、二〇一五
新装版『苦海浄土　わが水俣病』石牟礼道子著、講談社、二〇一二
『万葉秀歌　上巻』斎藤茂吉著、岩波新書、一九九三
『不知火おとめ　若き日の作品集一九四五―一九四七』藤原書店、二〇一四
『水はみどろの宮』石牟礼道子著、福音館文庫、二〇一六
『常世の花　石牟礼道子』若松英輔著、亜紀書房、二〇一八
『花の億土へ』石牟礼道子著、藤原書店、二〇一四
『もうひとつのこの世―石牟礼道子の宇宙』渡辺京二著、弦書房、二〇一三
『古代から来た未来人　折口信夫』中沢新一著、筑摩書房二〇〇八
『おえん遊行』石牟礼道子著、筑摩書房、一九八四
『あやとりの記』石牟礼道子著、福音館書店、二〇〇九
『椿の海の記』石牟礼道子著、河出書房新社、二〇一三
熊本日日新聞関連記事

あとがき

ぼくがきみに手紙を書く軽暖の候
ＣＯＶＩＤ―19禍の最中に
戦時郵便でも遺書でもなく
ただ単にぼくがきみに溶けて
断崖の躑躅は真っ赤
十本のおしべは熱を発し
ぼくがきみに触れる鎖骨は美しすぎた
だからぼくは気づかれぬよう
きみの五月闇の胸に飛び込んだ
きみのおっぱいはでかくて
息苦しくも朝まできみを追いかけた

きみとぼくが眠りにつく梅雨晴間
外界の音皆消えて夢の中
きみがぼくを誤解する
冬の瓦を雪は滑り落ち忽ち炎
きみがぼくを八つ裂きにしてつるべ切断
笑い転げて井戸の周りをぐるぐるぐる
きみがぼくの楼閣を撫でるとき桃は熟れ
平和な、きみとの時間の針は短く
きみもぼくも藻となり海霧晴れて
ふたりだけの時間濃い紫に

今回の第三句集二七二句（二〇一八年～二〇二〇年）と石牟礼道子論を併せて、世に出さんがための推敲の過程は大変充実したものでありました。

日頃よりお世話になっております方々に深謝致します。

二〇二〇年六月

加藤知子

（著者略歴）

加藤知子（かとう・ともこ）

一九五五年三月二二日　熊本県菊池市（旧菊池郡七城町）生まれ
一九七七年　鹿児島大学法文学部文学科日本史専攻卒業
二〇一四年　句集『アダムとイブの羽音』
二〇一五年　「海程」退会、二〇一六年一月「拓」終刊を経て
二〇一六年三月　短歌俳句誌『We』創刊。共同編集発行人
二〇一七年　句集『櫨の実の混沌より始む』
「豈」・「連衆」同人、現代俳句協会理事、
熊本県現代俳句協会会長、
日本現代詩歌文学館振興会評議員

現住所　〒861‐8005　熊本市北区龍田陳内3‐19‐27

第三句集　たかざれき

二〇二〇年十一月二十五日　発行

著　者　加藤知子
発行者　小野静男
発行所　株式会社　弦書房
（〒810・0041）
福岡市中央区大名二－二－四三
ELK大名ビル三〇一
電　話　〇九二・七二六・九八八五
FAX　〇九二・七二六・九八八六

印刷・製本　有限会社青雲印刷

ISBN4-86329-213-0 C0092